LA HORA DE ACOSTARSE DE FRANCISCA

Por **RUSSELL HOBAN**

Ilustraciones de **GARTH WILLIAMS**

Traducido por Tomás González

Harper Arco Iris
An Imprint of HarperCollinsPublishers

La colección Harper Arco Iris ofrece una selección de los títulos más populares de nuestro catálogo. Cada título ha sido cuidadosamente traducido al español para retener no sólo el significado y estilo del texto original sino la belleza del lenguaje. Otros títulos de la colección Harper Arco Iris son:

Buenas noches, Luna/Brown • Hurd
El caso del forastero hambriento/Bonsall
Cómo crece una semilla/Jordan • Krupinski
El conejito andarín/Brown • Hurd
Un día feliz/Krauss • Simont
El esqueleto dentro de ti/Balestrino • Kelley
El gran granero rojo/Brown • Bond
Harold y el lápiz color morado/Johnson
Harry, el perrito sucio/Zion • Graham
Pan y mermelada para Francisca/Hoban • Hoban
El señor Conejo y el hermoso regalo/Zolotow • Sendak
Si le das un panecillo a un alce/Numeroff • Bond
Si le das una galletita a un ratón/Numeroff • Bond
La silla de Pedro/Keats
El último en tirarse es un miedoso/Kessler
Se venden gorras/Slobodkina

Esté al tanto de los nuevos libros Harper Arco Iris que publicaremos en el futuro.

HarperCollins®, ☰®, and Harper Arco Iris™ are trademarks of
HarperCollins Publishers, Inc.
Bedtime for Frances
Text copyright © 1960 by Russell C. Hoban
Text copyright renewed 1988 by Russell C. Hoban
Illustrations copyright © 1960, 1996 by Garth Williams
Illustrations copyright renewed 1988 by Garth Williams
Translation by Tomás González. Translation copyright © 1996
by HarperCollins Publishers.
Printed in the U. S. A. All rights reserved.

Library of Congress Cataloging-in-Publication Data
Hoban, Russell.
    [Bedtime for Frances.   Spanish]
    La hora de acostarse de Francisca / por Russell Hoban ; ilustraciones de
Garth Williams ; traducido por Tomás González.
        p.   cm.
    "Harper Arco Iris"
    Summary: Frances has trouble going to sleep because of frightening sounds
and objects that may be going to get her.
    ISBN 0-06-025442-4. — ISBN 0-06-443413-3 (pbk.)
    [1. Badgers—Fiction.   2. Bedtime—Fiction.   3. Fear—Fiction.   4. Spanish
language materials.]   I. Williams, Garth, ill.   II. Title.
[PZ73.H5574   1996]   94-37185
[E]—dc20   CIP
                                                              AC

1 2 3 4 5 6 7 8 9 10
❖
First Spanish Edition, 1996

Éste es para Ursula.

La manecilla grande del reloj está en las 12
y la pequeña en las 7.
Son las siete.
Es la hora de acostarse de Francisca.
Mamá dijo:
—Es hora de ir a la cama.
Papá dijo:
—Es hora de ir a la cama.
Francisca dijo:
—Quiero un vaso de leche.
—Está bien —dijo Papá.
—Está bien —dijo Mamá—,
puedes tomarte un vaso de leche.
Y Francisca se bebió toda la leche.

—Llévame a mi habitación, Papá —pidió Francisca.

—Está bien —dijo Papá.

—A caballito —dijo Francisca.

Y Papá la llevó a caballito.

Papá le dio el beso de buenas noches.

Mamá le dio el beso de buenas noches.

—¿Puedo dormir con mi osito? —preguntó Francisca.

Papá le dio el osito.

—¿Puedo dormir también con mi muñeca?

—preguntó Francisca.

Mamá le dio la muñeca.

—Hasta mañana —le dijo Papá.

—Hasta mañana —le dijo Mamá.

—¿Ya me dieron un beso? —preguntó Francisca.

—Ya —dijo Mamá.

—Ya —dijo Papá.

¿Me dan otro besito? —preguntó Francisca.

Papá la besó otra vez,

Mamá la besó otra vez

y cerraron la puerta.

—¿Puedo dormir con la puerta abierta?

—preguntó Francisca.

Papá abrió la puerta.

—Buenas noches —dijo Mamá.

—Buenas noches —dijo Papá.

—Buenas noches —dijo Francisca.

Pero no se podía dormir.

Cerró los ojos y como no se podía dormir,

empezó a cantar una canción sobre el abecedario,

que inventaba al mismo tiempo que cantaba:

—A es la letra de abeja,

B es la letra de bastón,

C es la de una cabra escondida en un rincón.

D es la letra de duende. . .

Francisca siguió cantando con las letras E, F, G, H, I, J, K,
L, M, N, Ñ, O, P, Q y R y llegó sin problemas
casi hasta el final del abecedario.

—S es la letra del sol,

T es la letra de tigre,

U es la de un unicornio libre. . .

Francisca se detuvo porque "libre" no sonaba

muy parecido a "tigre" y empezó a pensar en tigres.

Pensaba en tigres grandes y en tigres pequeños,

en bebés tigres, madres tigres y padres tigres,

en hermanas tigres y hermanos tigres,

en tías tigres y tíos tigres.

—Me pregunto si hay tigres por aquí —dijo Francisca.

Miró alrededor de su habitación

y creyó ver algo parecido a un tigre en un rincón.

No tenía miedo, pero quería estar segura y miró otra vez.

Ahora estaba segura de que se trataba de un tigre
y fue a decírselo a Papá y a Mamá.

—Hay un tigre en mi habitación —les dijo.

—¿Te mordió? —preguntó Papá.

—No —dijo Francisca.

—¿Te arañó? —preguntó Mamá.

—No —dijo Francisca.

—Entonces, es un tigre amistoso —dijo Papá—.
No te hará daño. Ve y duérmete.

—¿Tengo que hacerlo?

—Sí —dijo Papá.

—Sí —dijo Mamá.

Papá le dio un beso.
Y Mamá le dio un beso.
De regreso a la cama,
Francisca terminó la canción.
Cerró los ojos otra vez,
pero todavía no podía dormirse.
Entonces los abrió y miró a su alrededor.

Francisca vio algo grande y oscuro.

«Los gigantes son grandes y oscuros.

Quizás es un gigante» pensó.

«Estoy segura de que *es* un gigante.

Creo que ese gigante me quiere atrapar».

Y Francisca fue a la sala, donde estaban Papá y Mamá.

Papá y Mamá miraban la televisión
mientras comían pastel y tomaban té.

—Hay un gigante en mi habitación
—dijo Francisca—. ¿Puedo ver televisión?

—No —dijo Papá.

—No —dijo Mamá.

—El gigante me quiere atrapar —dijo Francisca—.
¿Puedo comer un pedazo de pastel?

Papá le dio un pedazo de pastel, y le preguntó:

—¿Cómo sabes que te quiere atrapar?

—¿No es eso lo que hacen los gigantes?
—preguntó Francisca.

—No siempre —dijo Papá—. ¿Por qué no le
preguntas qué quiere?

Francisca regresó a su habitación
y fue directo adonde estaba el gigante.

—¿Qué quieres, Gigante? —le preguntó.

Lo miró con detenimiento
y vio que no había ningún gigante:
sólo la silla y su bata de casa.
Entonces regresó a la cama,
pero no tenía sueño y no cerró los ojos.
Miró hacia el techo, donde había una grieta,
y empezó a pensar en ella.

«Quizás algo vaya a salir de allí» pensó.
«Insectos o arañas, quizás. Tal vez algo con muchas
patas flacas».

Fue en busca de Papá, que estaba cepillándose
los dientes.

—Algo horrible va a salir de la grieta en el techo

—dijo Francisca—. Me olvidé de cepillarme los dientes.

—Cepíllatelos mientras voy a echar un vistazo

—dijo Papá.

Francisca se cepilló los dientes.
Papá regresó y dijo:
—Es imposible que algo salga de una grieta
tan pequeña. Pero si te preocupa, consigue a alguien
que te ayude a vigilarla. Pueden turnarse.

Francisca le pidió a su osito que vigilara,
y se turnaron por ratos.
Pero entonces ella se cansó y dejó que sólo
el osito vigilara.
Francisca se levantó y fue al baño.
Regresó y aún no sentía sueño.
La ventana estaba abierta
y el viento agitaba las cortinas.

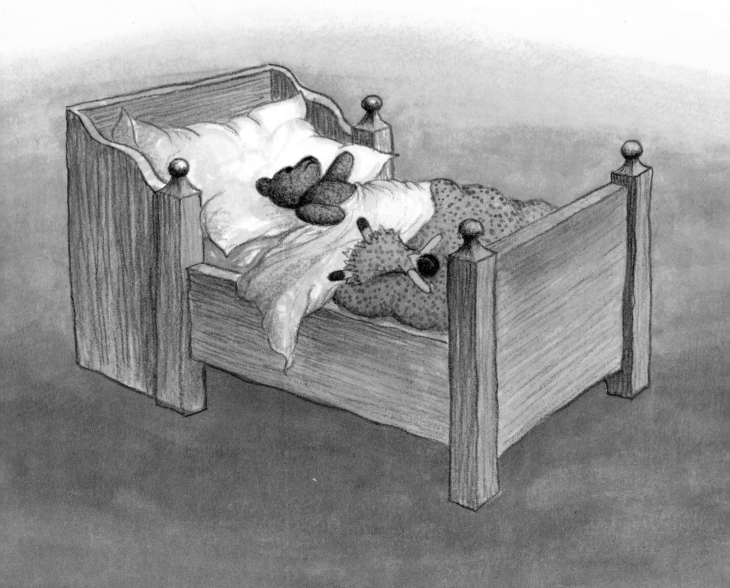

—No me gusta cómo se mueven las cortinas
—dijo Francisca—.
Tal vez hay *algo* afuera esperando.
Algo muy blando y sigiloso que mueve las cortinas
sólo para ver si estoy mirando.
Fue a la habitación de Papá y Mamá para contárselo.

23

Papá y Mamá dormían.

Francisca se quedó de pie, del lado de Papá,
sin hacer ruido.

Se mantuvo quieta y en silencio por un rato.

Hasta que de repente, Papá se despertó y abrió
los ojos de par en par.

—¿Qué pasa ahora? —dijo Papá.

—Algo mueve las cortinas de mi habitación.
¿Puedo dormir con ustedes? —dijo Francisca.

—Francisca, ¿quieres saber por qué se mueven
las cortinas?

—¿Por qué?

—Porque ése es el trabajo del viento —dijo Papá—.
Cada noche el viento va soplando por todas partes
y mueve las cortinas.

—¿Tiene el viento un trabajo? —preguntó Francisca.

—*Todo el mundo* tiene un trabajo —dijo Papá—.
Yo tengo que ir a la oficina todos los días a las nueve.
Ése es mi trabajo. Tú tienes que dormir, para que
mañana no estés muerta de sueño en la escuela.
Ése es *tu* trabajo.

—Lo sé —dijo Francisca, pero. . .

—Aún no he terminado —dijo Papá—.
Si el viento no mueve las cortinas, se quedará sin trabajo.
Si yo no voy a la oficina, me quedaré sin trabajo.
Y si tú no vas a dormir ahora mismo, ¿sabes lo que te
va a pasar?

—¿Me quedaré sin trabajo? —dijo Francisca.

—No —dijo Papá.

—¿Me darás una tunda?

—Correcto —dijo Papá.

—Buenas noches —dijo entonces Francisca y regresó
a su habitación.

Cerró la ventana y se acostó en la cama.

De repente, se oyó un ruido en la ventana:

¡Pum! ¡Tras!

«Algo va a atraparme esta vez. *¡Lo sé!*» pensó Francisca.

Saltó de la cama y fue a decírselo a Papá y a Mamá,
pero cuando llegó a la puerta de la habitación
lo pensó mejor y decidió no decirles nada.
Regresó a su habitación.
Francisca oyó de nuevo el ruido en la ventana
y se cubrió por completo con la colcha.
«Me pregunto qué podrá ser» pensó.

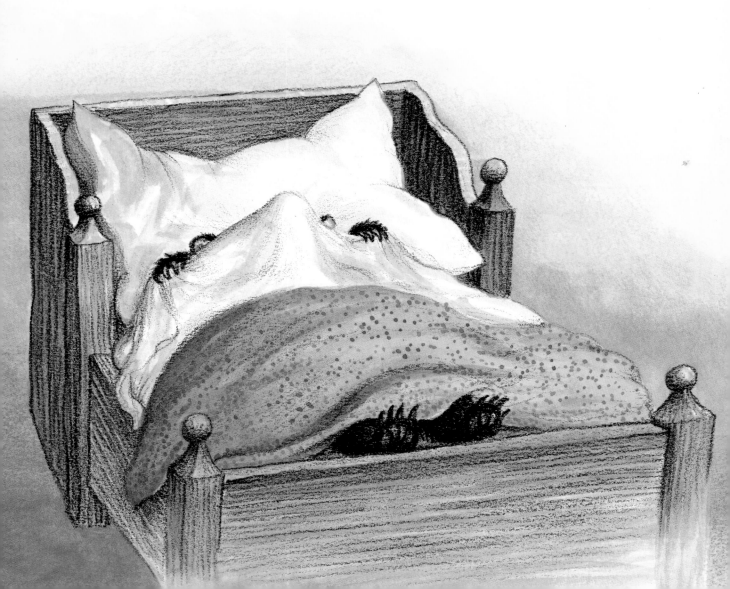

—Si es algo *muy* malo, Papá *tendrá* que venir
a ahuyentarlo.
Francisca se quitó la colcha y se sentó en la cama
a mirar por la ventana y vio una mariposa nocturna
que chocaba contra el vidrio.

¡Pum! ¡Tras!

Sus alas golpeaban la ventana.

¡Paf! ¡Zas!

A Francisca "paf" y "zas" le hicieron pensar en
una tunda y de repente se sintió cansada.

Se acostó y cerró los ojos para pensar mejor.

«Hubo en otros tiempos tantos gigantes y tigres,
tantas cosas horribles y emocionantes,
que ahora me siento cansada» pensó.

«Es sólo una mariposa que hace su trabajo,
lo mismo que el viento.

Su trabajo es golpear la ventana
y el mío es dormir».

Se durmió y sólo despertó al día siguiente,
cuando Mamá la llamó para que tomara el desayuno.